L'URGENCE
ET LA PATIENCE

DU MÊME AUTEUR

LA SALLE DE BAIN, *roman*, 1985, (« double », nº 32)
MONSIEUR, *roman*, 1986
L'APPAREIL-PHOTO, *roman*, 1989, (« double », nº 45)
LA RÉTICENCE, *roman*, 1991
LA TÉLÉVISION, *roman*, 1997, (« double », nº 19)
AUTOPORTRAIT (À L'ÉTRANGER), 2000, (« double », nº 78)
LA MÉLANCOLIE DE ZIDANE, 2006
L'URGENCE ET LA PATIENCE, 2012
FOOTBALL, 2015

MARIE MADELEINE MARGUERITE DE MONTALTE

I. FAIRE L'AMOUR, *hiver* ;, 2002, (« double », nº 61)
II. FUIR, *été* ;, 2005, (« double », nº 62)
III. LA VÉRITÉ SUR MARIE, *printemps-été* ; 2009, (« double », nº 92)
IV. NUE, *automne-hiver* ; 2013

Aux Éditions Le Passage

LA MAIN ET LE REGARD, 2012, à l'occasion de l'exposition LIVRE/LOUVRE au musée du Louvre

JEAN-PHILIPPE TOUSSAINT

L'URGENCE ET LA PATIENCE

LES ÉDITIONS DE MINUIT

www.leseditionsdeminuit.fr

ISBN : 978-2-7073-2903-5

À mes parents,
qui m'ont appris à lire et à écrire.

LE JOUR
OÙ J'AI COMMENCÉ À ÉCRIRE

J'ai oublié l'heure exacte du jour précis où j'ai pris la décision de commencer à écrire, mais cette heure existe, et ce jour existe, cette décision, la décision de commencer à écrire, je l'ai prise brusquement, dans un bus, à Paris, entre la place de la République et la place de la Bastille.

Je n'ai plus la moindre idée de ce que j'avais fait auparavant ce jour-là, car, dans mon souvenir, à cette journée réelle de septembre ou d'octobre 1979 se mêle le souvenir du premier paragraphe du livre que j'ai écrit, qui racontait comment un homme qui se promenait dans une rue ensoleillée se souvenait du jour où il avait découvert le jeu d'échecs, livre qui commençait, je m'en souviens très bien, c'est la première phrase que j'ai jamais écrite, par : « C'est un peu par hasard que j'ai découvert le jeu d'échecs. » Ce que je sais avec plus de certitude, le souvenir maintenant se précise, c'est que, rentré chez moi ce jour-là, ce lundi-là, je ne sais si c'était vraiment un lundi, mais il me plaît en tout cas de le croire (j'ai toujours éprouvé un petit penchant naturel pour le lundi), j'ai écrit la première phrase de mon premier livre dans ma chambre de la rue des Tournelles, dos à la porte, face au mur. J'ai écrit la première version de ce livre en un mois, sur une vieille machine à écrire, et, comme je ne savais pas encore taper à la machine, je progressais avec deux doigts, maladroitement (en même temps que j'écrivais, j'apprenais à taper à la machine).

La décision que j'ai prise ce jour-là était plutôt inattendue pour moi. J'avais vingt ans (ou vingt et un ans, peu importe, je n'ai jamais été à un an près dans la vie), et je n'avais jamais pensé auparavant que j'écrirais un jour. Je n'avais aucun goût particulier pour la lecture, je ne lisais pratiquement rien (un Balzac, un Zola, des trucs comme ça). Je lisais les journaux, quelques livres de sciences humaines liés à mes études d'histoire et de sciences politiques. Je ne m'intéressais pas à grand-chose dans la vie, un peu au foot, au cinéma. Autant, adolescent, j'avais toujours peint et dessiné avec plaisir, autant j'écrivais peu, pas d'histoires, pas de lettres, presque rien, moins d'une dizaine de ces mauvais poèmes que tout un chacun écrit dans sa vie. La chose au monde qui m'intéressait le plus à ce moment-là était sans doute le cinéma, j'aurais bien voulu, si l'entreprise n'avait pas été aussi difficile à mettre sur pied, pouvoir faire un film, je me serais bien vu cinéaste, oui (je ne me voyais pas du tout homme politique, par exemple). Alors, je me suis attelé à la tâche, j'ai écrit le petit scénario d'un court-métrage muet, en noir et blanc, d'un championnat du monde d'échecs dont serait déclaré vainqueur le gagnant de dix mille parties, championnat qui durait toute la vie, qui occupait toute la vie, qui était la vie même, et qui se terminait à la mort de tous les protagonistes (la mort, à ce moment-là, m'intéressait beaucoup, c'était un de mes sujets favoris).

Parallèlement, à la même époque, deux lectures furent déterminantes pour moi. La première est la lecture d'un livre de François Truffaut, *Les Films de ma vie*, dans lequel Truffaut conseillait à tous les jeunes gens qui rêvaient de faire du cinéma, mais qui n'en avaient pas les moyens, d'écrire un livre, de transformer leur scénario en livre, en expliquant que, autant le cinéma nécessite de gros budgets et implique de lourdes responsabilités, autant la littérature est une activité légère et futile, joyeuse et déconnante (je transforme un peu ses propos), peu coûteuse (une rame de papier et une machine à écrire), qui peut se pratiquer en toute liberté, à la maison ou en plein air, en costume-cravate ou en caleçon (j'ai écrit la fin de *La Salle de bain* comme ça, le front mouillé de transpiration et la poitrine dégouttant de sueur, les cuisses moites, dans l'ombre étouffante de ma maison de Médéa, en Algérie, où il faisait près de 40°). La deuxième lecture déterminante que j'ai faite à ce moment-là est la lecture de *Crime et châtiment* de Dostoïevski. Cet été-là, sur les conseils avisés de ma sœur, j'ai lu pour la première fois *Crime et châtiment.* Et, un mois après cette lecture, ayant connu le frisson de m'être identifié au personnage ambigu de Raskolnikov, je me suis mis à écrire. Je ne sais s'il faut y voir un lien direct, une relation parfaite de cause à effet, qui sait un théorème (Qui lit *Crime et châtiment* se met à écrire un mois plus tard), mais, pour moi, il en fut ainsi : un mois après avoir lu *Crime et châtiment*, je me suis mis à écrire — j'écris toujours.

MES BUREAUX

Je me souviens d'un personnage de Beckett, Molloy ou Malone, qui projetait de faire l'inventaire de ses possessions et différait sans cesse son projet. Pour ma part, ce serait plutôt le projet de faire l'inventaire de tous les bureaux dans lesquels j'ai écrit dans ma vie qui me chatouillerait délicieusement l'esprit pour l'heure, depuis la chambre de la rue des Tournelles, à Paris où j'ai écrit *Échecs*, mon premier livre (qui n'a jamais été publié), jusqu'à l'appartement de la Cité administrative d'Aïn d'Heb, à Médéa, où j'ai écrit *La Salle de bain*, en passant par mes bureaux en Corse, au « château », où j'ai écrit *Monsieur*, mais aussi à Erbalunga, dans la petite chambre de Prunete, l'éphémère bureau de Cervione ou celui de Corte, le bureau de Barcaggio, le bureau de la rue Saint-Sébastien, à

Paris, où j'ai écrit l'épisode londonien de *L'Appareil-photo*, le sombre bureau enfumé de Madrid où je fermais les volets pour écrire *La Réticence*, le beau bureau aéré de Berlin où j'ai écrit le scénario de *La Patinoire*, sans compter divers autres bureaux éphémères ou provisoires, à Amsterdam ou à Berlin, mon élégant bureau de la Villa Kujoyama à Kyoto, mes bureaux de Bruxelles et mes bureaux d'Ostende, résidence Vendôme ou résidence Grenoble, dans le grand appartement en face du casino, où j'ai écrit les débuts de *Faire l'amour* et de *Fuir*, ou au sixième étage de la résidence Les Algues, où j'ai écrit la première partie de *La Vérité sur Marie*.

Je l'ignorais sur le moment, mais c'est lors de mon premier grand voyage à l'étranger que j'ai vraiment commencé à écrire. Je n'ai pas évoqué l'Algérie dans mes livres, ni dans aucun de mes autres textes par la suite, mais c'est lors de ce séjour en Algérie, entre 1983 et 1984, que j'ai enfin trouvé le recul nécessaire, la bonne distance — plusieurs milliers de kilomètres me séparaient de la France — pour évoquer Paris. Cette idée d'éloignement me paraît décisive. Car la distance oblige à un plus grand effort de mémoire pour recréer mentalement les lieux que l'on décrit : les avoir réellement sous les yeux, à portée de regard pour ainsi dire, induirait une paresse dans la description, un manque d'effort dans l'imagination, alors qu'être dans l'obligation de recréer une ville et ses lumières à partir de rien — son simple rêve ou sa mémoire — apporte vie et puissance de conviction aux scènes que l'on décrit.

Je n'ai gardé aucun des brouillons de *La Salle de bain*, je les ai tous brûlés avant de quitter l'Algérie, des centaines de feuillets que j'ai brûlés un soir au coucher du soleil dans les poubelles publiques de la cité d'Aïn d'Heb quelques jours avant mon départ. Je me souviens de mon état d'esprit en regardant ces brouillons qui disparaissaient dans les flammes, mes yeux brillaient, mais je n'étais pas triste, simplement mélancolique, comme ce soir de septembre à Cinecittà quand j'ai regardé longuement le ciel bleu pâle audessus de Rome le dernier jour du tournage de *La Patinoire* en songeant simplement que quelque chose de très beau s'achevait.

Aussi loin que je me souvienne, j'ai toujours éprouvé une fascination pour les bureaux de mon grand-père, il y en avait un à Ostende, dans l'appartement que mes grands-parents louaient sur la digue, à deux pas de la vieille horloge aujourd'hui remplacée, ce n'était pas vraiment un bureau, plutôt une simple table de travail sur laquelle reposaient quelques papiers, des ciseaux, une loupe, des lunettes. Mais je me souviens surtout du bureau de mon grand-père à Sart-Dames-Avelines, une pièce souvent fermée, mystérieuse, dans laquelle nous, les enfants, n'entrions jamais, pièce dont je n'ai, en réalité, gardé aucun souvenir véritable, ni visuel ni olfactif, mais dont j'aurais gardé comme un souvenir absolu, mythique et fondateur. Comme si c'était cette pièce-là, ce bureau de mon grand-père à Sart-Dames-Avelines que j'aurais voulu reconstruire, recréer inconsciemment dans les différentes maisons où j'ai vécu par la suite, cette pièce avec son odeur de vieux papier et de livres, son calme et son silence, cette pièce fascinante où l'on pouvait penser et où l'on pouvait écrire, cette pièce qui était une protection contre le monde extérieur, un abri, un refuge, une salle de bain.

L'URGENCE ET LA PATIENCE

Lorsque j'écris un livre, je me voudrais aérien, l'esprit au vent et la main désinvolte. Mon cul. En fait, je suis très organisé. Je m'entraîne, je me prépare, je me dispose. Il y a un côté monacal dans mon attitude, spartiate, navigateur solitaire. Tout importe, la condition physique, l'alimentation, les lectures. Quand j'écris, je me couche tôt, je ne bois pas d'alcool. Pendant la journée, je marche, je fais du vélo, je nage — le bain n'a jamais été incompatible avec l'étude, bien au contraire. Jusqu'à *La Réticence*, quand j'entreprenais un livre, je travaillais tous les jours, tout le temps, sans reprendre haleine, sans faire de coupure, jusqu'à un an d'affilée. Je considérais l'écriture comme une machinerie lourde qui se mettait en place sur la longue durée, quelque chose de régulier, de pesant, d'entravé, quelque chose qui se refusait, qui achoppait, qui avançait péniblement, pouce à pouce — une charrue.

L'expérience douloureuse de l'écriture de *La Réticence*, livre que je n'arrivais pas à écrire, que j'ai failli abandonner plusieurs fois — j'étais empêtré, je ne m'en sortais pas, mais je serrais les dents, je continuais à creuser, je m'accrochais, invoquant la figure de Kafka et les idéaux les plus doloristes de l'écriture —, m'a amené à décider de ne plus jamais écrire de cette manière, je ne voulais plus souffrir de la sorte, il fallait changer de méthode. Dès lors, je n'ai plus travaillé que porté par un élan, pendant des sessions d'écriture limitées dans le temps, de quinze jours à trois mois maximum, entrecoupées de longues périodes où je faisais autre chose, où je n'écrivais pas, où je vivais — ce qui peut également être utile.

J'ai toujours remarquablement bien travaillé mentalement, il est vrai, me laissant peu à peu imprégner par le livre que je projetais d'écrire en suivant simplement le fil de mes pensées, tandis que, sans que j'agisse le moins du monde pour en perturber le cours, affluaient tout doucement dans mon esprit une multitude d'impressions et de rêveries, de structures et d'idées, souvent inachevées, éparses, inaccomplies, en gestation ou déjà abouties, d'intuitions et de bribes, de douleurs et d'émois, auxquels il ne me restait plus qu'à donner leur forme définitive. (...) Et je songeais que, finalement, dans la perspective même d'écrire, ne pas écrire est au moins aussi important qu'écrire[1].

Alors que, jusqu'à *La Réticence*, je mettais environ un an pour écrire un livre, maintenant, pour une durée de travail effective équivalente, je mets plutôt trois ans. Je ne travaille pas chez moi, à Bruxelles, mais en Corse, ou à Ostende. À Ostende, je loue un appartement. C'est

---

1. *La Télévision* (Les Éditions de Minuit, 1997).

un lieu neutre, j'aime ce côté bernard-l'ermite, cet hôte qui s'installe dans une coquille qui ne lui appartient pas. Les lieux où je travaille sont toujours provisoires, ils ont une autre affectation en mon absence. D'autres gens occupent parfois l'appartement d'Ostende, et la grande pièce où j'écris en Corse a un autre usage lorsque je n'y suis pas. J'arrive, je prends possession des lieux, j'installe mon matériel, ordinateur, imprimante, documentation. Quand je m'en vais, j'emporte tout, il ne reste aucune trace de mon passage.

J'aime l'idée qu'on puisse définir un livre comme un *rêve de pierre* (l'expression est de Baudelaire) : « rêve » par la liberté qu'il exige, l'inconnu, l'audace, le risque, le fantasme, « de pierre », par sa consistance, ferme, solide, minérale, qui s'obtient à force de travail, le travail inlassable sur la langue, les mots, la grammaire. Quand on a trop le nez dans le manuscrit, l'œil dans le cambouis des phrases, on perd parfois de vue la ligne du livre. Or, j'aime me représenter le livre comme une ligne. J'aime cette abstraction, où la littérature rejoint la musique, et où la ligne du livre ondule, monte, descend, au gré de pures questions de rythme. Il y a parfois une contradiction entre le désir que j'ai d'écrire des phrases qui peuvent durer, qui sont proches de l'aphorisme et la nécessité que de telles phrases n'arrêtent pas la lecture, ne la freinent même pas. Il faut que ces phrases se fondent dans le cours du roman, sans nuire à sa fluidité, qu'elles s'enfouissent dans le texte, presque camouflées, de façon qu'elles brillent sans trop attirer l'attention. Quand, à la fin d'une scène paroxystique, le livre monte très haut et atteint un sommet, comment poursuivre la narration, comment redescendre, sans faire chuter l'attention du lecteur ? La ligne du livre doit-elle toujours être *crescendo* de la première à la dernière ligne ? Non, on peut ménager des accélérations à l'intérieur même des parties, on peut jouer avec les ruptures de rythme, on peut faire résonner la dernière phrase d'un paragraphe. Toutes ces choses se calculent, se dosent et se mesurent. Ce sont des questions techniques, c'est affaire de métier. Un livre doit apparaître comme une évidence au lecteur, et non comme quelque chose de prémédité ou de construit. Mais cette évidence, l'écrivain, lui, doit la construire.

Il y a toujours en jeu, je crois, dans l'écriture, ces deux notions apparemment inconciliables : l'urgence et la patience.

L'urgence, qui appelle l'impulsion, la fougue, la vitesse — et la patience, qui requiert la lenteur, la constance et l'effort. Mais elles sont pourtant indispensables l'une et l'autre à l'écriture d'un livre, dans des proportions variables, à des dosages distincts, chaque écrivain composant sa propre alchimie, un des deux caractères pouvant être dominant et l'autre récessif, comme les allèles qui déterminent la couleur des yeux. Il y aurait ainsi, chez les écrivains, les urgents et les patients, ceux chez qui c'est l'urgence qui domine

(Rimbaud, Faulkner, Dostoïevski), et ceux chez qui c'est la patience qui l'emporte — Flaubert, bien sûr, la patience même.

D'ordinaire, l'urgence préside à l'écriture d'un livre et la patience n'est que son complément indispensable, qui permet de corriger ultérieurement les premières versions du manuscrit. Chez Proust, il semblerait que la patience précède l'urgence. Proust n'écrit pas de première version d'*À la recherche du temps perdu*, il se contente de vivre, il prend tout son temps, comme s'il se relisait avant même d'avoir écrit. C'est sa vie, la patience, et l'urgence, c'est son œuvre. Mais chaque façon personnelle de concevoir l'écriture est une névrose unique. Kafka, tous les soirs, se mettait à sa table de travail et attendait l'élan qui le porterait à écrire. Il avait cette foi en la littérature, il ne croyait qu'en elle, il ne voulait être qu'elle (« je ne peux ni ne veux être rien d'autre »), et il pensait tous les soirs qu'adviendrait pour lui cet idéal inaccessible : écrire.

Parfois, en effet, cela venait. Il a écrit *Le Verdict* en une nuit, et *La Métamorphose* sera écrite dans le même état de grâce. À côté de ces nuits de fièvre et d'urgence, la pratique de l'écriture est une quête aride au quotidien pour Kafka. Rien ne vient, jamais. Jour après jour, il note dans son *Journal* : « Aujourd'hui, rien écrit ». J'ai tant aimé le *Journal* de Kafka, je l'ai lu avec passion, je m'en suis nourri, j'y revenais sans cesse, je l'ai étudié, annoté, médité. Certaines phrases du *Journal* sont terribles, cruelles, lucides, toutes sont émouvantes : « Incertitude, sécheresse, silence, c'est en cela que tout passera. »

La patience

Tout commence et tout finit toujours par la patience dans l'écriture d'un livre. En amont, il faut laisser le livre infuser en soi, c'est la phase de maturation, les premières images qui viennent, les personnages qui s'esquissent. On rassemble de la documentation, on prend des notes, on élabore mentalement un premier plan d'ensemble. Cette phase de préparation poussée à l'extrême, le danger serait de ne jamais commencer le roman (le syndrome de Barthes, en quelque sorte), comme le narrateur de *La Télévision* qui, par scrupules exagérés et souci d'exigence perfectionniste, se contente de se disposer en permanence à écrire « sans jamais céder à la paresse de s'y mettre ». Car, s'il est essentiel de retenir longtemps un texte, il est quand même indispensable de le lâcher un jour. En aval, dès qu'une page est terminée, on l'imprime et on la relit, on l'amende, on la rature, on trace des flèches à travers le texte, on corrige, on ajoute quelques phrases à la main, on vérifie un mot, on reformule une tournure. Puis, on réimprime la page et on recommence, on recorrige, on vérifie encore, puis on réimprime et on relit, et ainsi de suite, à l'infini, traquant les fautes et débusquant les scories, jusqu'à l'ultime échenillage des épreuves.

J'aime ce moment, à l'aube, où on ouvre prudemment le manuscrit du livre en cours dans la maison encore endormie. Il y a de multiples stratégies pour essayer de découvrir le travail d'un œil neuf, de le piéger, de le surprendre, à l'improviste, comme si on le découvrait pour la première fois pour le juger d'un regard impartial. Une sieste peut faire l'affaire, une longue nuit, encore mieux. J'ai même l'intuition qu'une partie de la relecture d'un livre peut se faire durant le sommeil. À l'état de veille, le livre s'est inscrit dans le cerveau avec la précision d'une position d'échecs, et, la nuit, quand on dort, l'étude des variantes se poursuit, comme un ordinateur qu'on laisserait tourner en permanence pour étudier l'immensité des calculs en jeu dans l'opération (si bien qu'il m'arrive parfois d'avoir la solution au réveil sans autre effort conscient particulier). Mais inutile de s'acharner à raturer sans fin, seul le temps lave vraiment le regard. Titien, selon Palma le Jeune, laissait toujours reposer ses tableaux de longs mois face aux murs, sans plus les regarder. Puis, quand il les reprenait, « il les examinait avec une rigoureuse attention, comme s'ils avaient été ses ennemis mortels ». Ah, les chers ennemis mortels !

« Comment fais-je pour écrire, à ne considérer de cette amère folie que l'aspect manuel ? » se demande Beckett. De mes premières machines à écrire, je n'ai plus beaucoup de souvenirs : il y en avait une petite, orange, mécanique, sur laquelle j'ai écrit *Échecs*, mon premier livre. Mais ma vraie première machine à écrire, ma belle, ma seule, l'unique, dont l'évocation me fait encore monter aujourd'hui aux yeux des larmes (de crocodile, de crocodile), fut ma grosse Olivetti ET121, si belle, si performante et tellement sophistiquée que le mode d'emploi ne la supposait destinée qu'à des secrétaires ou des dactylographes professionnelles et s'adressait exclusivement à l'utilisatrice (« l'utilisatrice doit faire ceci, l'utilisatrice doit faire cela »), — et moi j'obtempérais, intimidé, ravi, rougissant, frémissant, donnant, avec deux doigts, pendant dix ans, le meilleur de moi-même. C'est avec elle, que dis-je, sur elle, que j'ai écrit *La Salle de bain*, *Monsieur*, *L'Appareil-photo*, *La Réticence*. Où est-elle maintenant, cette chère machine ? À l'abandon, j'imagine, au rebut. Ô destinée cruelle ! Je la revois encore, dans sa splendeur native, cette chère vieille grosse Olivetti, posée sur mon bureau de Médéa quand, aux premières heures de cet après-midi ensoleillé de novembre 1983, je la sortais de sa caisse d'emballage et que je défaisais ses multiples protections de kapok et ses différentes strates de plastique transparent et que je la délivrais délicatement de ses parements de soie et de ses housses de dentelles brodées (j'en rajoute peut-être un peu). Je la revois, alors, qui reposait sur la table de travail de mon bureau de Médéa prête à se donner à moi, noire et massive, élégante, immobile et silencieuse, avec, comme support pour le papier, un pare-brise transparent profilé de décapotable italienne des années 50.

À présent, je n'utilise plus que l'ordinateur. Avant de partir, je rassemble mes affaires dans une mallette souple, qui fut un temps noire et maintenant d'un bleu sombre velouté, comme un bureau portable, une panoplie ambulante, que j'emporte avec moi à Ostende ou en Corse, avec mon *MacBook Pro*, qui succède à deux *iBook* blancs et deux *PowerBook* grisâtres et décevants (un complètement autiste, qui n'imprimait plus, et l'autre qui est mort dans mes bras, en ayant juste le temps, dans un dernier soupir, de me livrer le contenu de son disque dur). Je dépose avec soin l'ordinateur à plat dans ma mallette, avec les divers fils électriques et les cordons d'alimentation y afférents, et j'y ajoute une souris, parfois un clavier, une chemise avec ma documentation, un dictionnaire qui depuis peu a pris une forme numérique, et le manuscrit en cours. Le manuscrit complet de mes derniers livres ne fait pas plus de cinquante pages. Je travaille sur des pages compactes, surchargées de signes, en police de base

Helvetica, avec un interligne minimal, cela donne des blocs de texte très denses, à peine lisibles, décourageants à relire. J'aime qu'il en soit ainsi, parce que cela oblige à ne jamais se contenter, à être toujours plus exigeant. Il faut, encore et toujours, préciser, couper, simplifier, pour rendre fluides et aériens les blocs de texte déprimants qu'on a sous les yeux. Mais je sais que, quand le texte aura revêtu ses plus beaux atours, qu'il sera composé en Times New Roman, avec une mise en page soignée et un interligne aéré, et que je l'enverrai à Irène Lindon paré d'une couverture bleu nuit, la pauvre chose ratatinée sur laquelle je transpirais depuis des mois s'épanouira dans la lumière, comme une fleur qui s'ouvre au soleil. L'idée, c'est de durcir toujours les conditions d'entraînement pour n'atteindre l'aisance que le jour venu, c'est s'entraîner à tirer des penaltys avec des chaussures de ski (le jour où on enlève les chaussures de ski, c'est tout de suite plus facile, vous verrez).

Je ne prends quasiment pas de notes préparatoires avant de commencer un livre. Il faut qu'un roman soit déjà en cours pour que ma pensée puisse s'accrocher à un épisode du livre existant, à une scène en gestation qui commence à émerger lentement dans mon esprit, à la manière de ces formes blanchâtres aux contours flous et mouvants qu'on voit se dessiner sur les échographies. Les notes, c'est donc plutôt pendant les phases d'écriture que je les prends. Parfois, à Ostende, je m'arrête sur la digue et j'exhume un carnet de ma poche, que j'extrais de chiffonnements de mouchoirs en papier pailletés de grains de sable, pour griffonner rapidement quelques mots debout sur la digue, dans le vent et la bruine, parfois sous l'averse, c'est très beau de voir alors cette idée que je note se diluer instantanément sous la pluie.

Je possédais ainsi tout un jeu de carnets, calepins et blocs-notes divers, de chez Rhodia et Schleicher & Schuell, la couverture orange et les feuilles détachables, ainsi que quelques petits carnets chinois, carrés, à l'élégante couverture rigide noire et rouge. J'emportais toujours quelques-uns de ces carnets avec moi quand je sortais, les glissant dans ma poche avant de quitter mon bureau, et, au gré de mes sorties, je les remplissais en permanence de bouts de phrase et de bribes, d'aphorismes et d'idées, d'observations et de formulations diverses (ces dernières n'étant souvent que l'expression la plus juste de ces avant-dernières), dont je ne me servais généralement jamais une fois le travail commencé. Il me semblait en effet qu'une idée, aussi brillante fût-elle, n'était pas vraiment digne d'être retenue si, pour simplement s'en souvenir, il fallait la noter [1].

J'ai écrit cela il y a plus de quinze ans (déjà à Ostende, pas bien loin de l'endroit où je me trouve maintenant), et il n'y a rien à ajouter, peut-être quelques nouveaux

---

1. *La Télévision* (Les Éditions de Minuit, 1997).

carnets à mentionner, mes petits carnets de chez Muji, si bien proportionnés, des amours de petits carnets, A6 ou taille passeport, souples, couverture kraft ou anthracite, et peut-être un mot sur mes stylos, plutôt des feutres, au demeurant, des *Uni-ball eye* de chez Mitsubishi, avec bille en carbure de tungstène, pointe fine ou micro, généralement noirs, mais parfois bleus, dont j'ai tout un jeu qui s'épanouit sur ma table de travail (je croyais aimer la littérature, mais c'est l'amour de la papeterie que j'ai, ma parole !).

Au moment de mes premiers livres, je travaillais pratiquement sans documentation. J'ai écrit *La Salle de bain* les mains vides, on m'a prêté *Les Pensées* de Pascal, dont je souhaitais traduire un passage sur le divertissement en anglais, et j'ai dû emprunter à un collègue un livre de biologie de classe de première pour avoir quelques rudiments anatomiques concernant les poulpes. Mais, maintenant, avec l'extension généralisée d'Internet, on dispose en temps réel d'un vrai savoir encyclopédique sur n'importe quel objet. Dans *La Vérité sur Marie*, j'ai décrit avec beaucoup de soin le meuble que les personnages déménagent en pleine nuit dans l'appartement de Marie : le bahut. Mais je me suis rendu compte par la suite qu'il ne m'importait pas vraiment de faire apparaître l'image de ce meuble dans l'esprit du lecteur. C'est le mot lui-même, bahut, qui m'intéressait, son débraillé, les agréments de sa sonorité, en tant que *détail littéraire*, conscient, visible, délibéré, et non pas l'image du mot, le *détail iconique*, pour reprendre la distinction que propose Daniel Arasse. En d'autres termes, il m'importait qu'on entende le mot, et non pas qu'on le voie. La description du bahut que j'avais faite, qui permettait de se représenter le meuble — mais n'ajoutait rien au fait de l'entendre — était donc inutile, et je l'ai supprimée.

Pour *La Vérité sur Marie*, j'ai dû me documenter plus encore qu'à l'accoutumée, car j'abordais plusieurs thèmes qui m'étaient largement inconnus (la crise cardiaque, les chevaux, le transport des animaux vivants dans les avions cargo). Pour les chevaux, je me suis procuré un exhaustif *Manuel vétérinaire pour propriétaires de chevaux*. Mais j'ai fait encore mieux : je suis monté sur un cheval, j'ai fait une balade équestre dans le maquis en Corse à l'été 2006. C'était la première fois de ma vie que je montais sur un cheval (jusqu'où peut parfois aller le travail de documentation !). Pour la crise cardiaque, j'ai quand même évité d'en faire une moi-même (l'abnégation a des limites), j'ai préféré faire appel à un ami médecin, que j'ai convié à déjeuner dans une brasserie à Bruxelles, et, à table, un peu gêné, n'osant pas dévoiler la scène que j'envisageais (en général, je n'aime pas beaucoup parler des livres que je suis en train d'écrire), je lui demandais à voix basse, de façon indirecte, par périphrases, en toussotant et me frottant les doigts, comme si je devais faire part de désidératas particuliers, qui il fallait prévenir, par exemple, en cas de pépin, lorsqu'une crise cardiaque survient en plein acte sexuel, et qui se présente à l'appartement dans ces cas-là (la police, le Samu, les pompiers ?). C'est pendant ce déjeuner que j'ai entendu parler pour la première fois d'un terme aussi scabreux que défibrillation. J'ai renouvelé l'expérience quelques mois plus tard avec un commandant de bord d'Air France, dans un restaurant à Paris, cette fois, et, durant tout le déjeuner, je l'écoutais avec attention en remplissant mon petit carnet de croquis croquignolets.

L'urgence

L'urgence est fugitive, fragile, intermittente.

L'urgence, telle que je la conçois, n'est pas l'inspiration. Ce qui en diffère, c'est que l'inspiration se reçoit, et que l'urgence s'acquiert. Il y a dans le mythe de l'inspiration — le grand mythe romantique de l'inspiration — une passivité qui me déplaît, où l'écrivain — le poète inspiré —, serait le jouet d'une grâce extérieure, Dieu ou la Nature, qui viendrait se poser sur son front innocent. Non, l'urgence n'est pas un don, c'est une quête. Elle s'obtient par l'effort, elle se construit par le travail, il faut aller à sa rencontre, il faut atteindre son territoire. Car il y a bien un territoire de l'urgence, un lieu abstrait, métaphorique, situé dans des régions intérieures qui ne s'abordent qu'au terme d'un long parcours. C'est par l'immersion qu'il faut l'atteindre. Il faut plonger, très profond, prendre de l'air et descendre, abandonner le monde quotidien derrière soi et descendre dans le livre en cours, comme au fond d'un océan. On n'atteint pas le fond tout de suite, il y a des étapes, des paliers de décompression. Dans les premières phases de la descente, on pressent encore le monde visible au-dessus de soi, on peut encore le voir, on peut encore s'en inspirer. C'est qu'on n'est pas descendu assez profond, il faut descendre encore, persévérer. À partir de 130 mètres, on ne voit quasiment plus rien, on commence à deviner des ombres nouvelles, le souvenir des personnes réelles s'estompe, des créatures fictives apparaissent et nous entourent, un grouillement de micro-organismes vivants de tailles et de formes diverses. Nous sommes dans un monde trouble, entre la réalité et la fiction. On descend encore, et, au-delà de 200 mètres, plus aucun rayonnement solaire ne nous parvient. C'est que nous avons atteint le territoire de l'urgence, le monde des abysses, plus de 300 millions de kilomètres carrés d'obscurité et de silence où règnent des pressions écrasantes et où prolifèrent d'incessantes présences aveugles, d'infimes potentialités de vie en mouvement. Nous y sommes, c'est la bonne profondeur, nous avons maintenant le recul nécessaire, la distance idéale pour *restituer le monde*, pour retranscrire, dans les profondeurs mêmes de l'écriture, tout ce que nous avons capté à la surface. Ici — au cœur même de l'urgence —, tout vient aisément, tout se libère et se lâche, la vision réelle ne nous est plus d'aucune utilité, mais l'œil interne se dilate et un monde fictif et merveilleux nous apparaît mentalement, nos perceptions sont à l'affût, les sens sont aiguisés, la sensibilité exacerbée, et le basculement s'opère, c'est un jaillissement, tout vient, les phrases naissent, coulent, se bousculent, et tout est juste, tout s'emboîte, se combine et s'assemble dans ces ténèbres intimes, qui sont l'intérieur même de notre esprit. Mais un rien, alors, une poussière, un imprévu, détraque le processus et nous ramène à la surface — car l'urgence est fragile, et peut nous fuir à tout instant.

L'urgence est un état d'écriture qui ne s'obtient qu'au terme d'une infinie patience. Elle en est la récompense, le dénouement miraculeux. Tous les efforts que nous avons consentis au préalable pour le livre ne tendaient en réalité que vers cet instant unique où l'urgence va surgir, le moment où ça bascule, où ça vient tout seul, où le fil de la pelote se dévide sans fin. Comme au tennis, après les heures d'entraînement, où chaque geste est analysé, décomposé, et refait à l'infini, mais reste raide, figé et sans âme, il arrive un moment, dans la chaleur du match, où on commence à lâcher ses coups et où on réussit certaines choses qui auraient été inimaginables à froid et n'ont été rendues possibles que par la rigueur et la ténacité de l'entraînement qui a précédé. Dans ces moments-là, dans *la chaleur de l'écriture*, on peut tout tenter, tout nous réussit, on effleure le filet, on frôle les lignes, on trouve tout, instinctivement, chaque position du corps, le fléchissement idéal du genou, la façon d'armer le bras et de lâcher le coup, tout est juste, chaque image, chaque mot, chaque adjectif pris à la volée et renvoyé sur le terrain, tout trouve sa place exacte dans le livre.

L'écriture d'un livre ne serait que cette alternance de phases de jaillissements et de persévérance. Après des semaines de blocage pendant l'écriture de *La Vérité sur Marie*, c'est soudain la fuite de Zahir sur les pistes de Narita. La scansion qui s'installe alors, les mots qui s'emballent, qui foncent, se précipitent sur les traces du pur-sang, le rythme heurté, saccadé, de la phrase, calqué sur le galop du cheval, ont quelque chose à voir avec le souffle qui manque, on est — l'auteur, le lecteur, les poursuivants, la phrase —, littéralement, à bout de souffle. À côté de ces scènes qui s'écrivent dans l'urgence, il y a les moments où l'on n'avance plus, où le vent est tombé, où l'on est irréparablement encalminé. C'est là qu'il faut être persévérant, s'accrocher, serrer les dents, continuer à *ne pas y arriver*, car l'urgence progresse sans cesse, continue de travailler souterrainement, l'énergie s'accumule. Il y a toujours un côté exponentiel dans l'écriture d'un livre, le troisième mois de travail est riche des précédents, plus on a été constant dans l'effort, plus intense sera la délivrance. On peut même aiguiser encore la nécessité de l'urgence, en retenant son désir, en le contraignant, comme un élastique, dans une stratégie délibérée de rétention, pour donner toute la puissance possible à son élan, et qu'à l'ouverture des digues, le livre déferle en emportant tout sur son passage.

COMMENT J'AI CONSTRUIT CERTAINS DE MES HÔTELS

Je pourrais fermer les yeux et les invoquer tour à tour, les hôtels de mes livres, les faire revenir, les matérialiser, les recréer, je revois la petite entrée de l'hôtel de Venise dans *La Salle de bain*, les escaliers sombres et inquiétants de l'hôtel de Sasuelo dans *La Réticence*, je revois le long couloir du seizième étage de *Faire l'amour*, je revois le couloir encombré de bâches et de pots de peinture de l'hôtel en construction de *Fuir*. Je revois des halls de réception déserts et des couloirs labyrinthiques. Je ferme à peine les yeux — je peux fermer les yeux en les gardant ouverts, c'est peut-être ça écrire —, et je me trouve immédiatement dans le grand hall désert de l'hôtel de Tokyo aux lustres de cristal illuminés.

Il y a des hôtels dans presque tous mes livres. Je ne les construis pas avec des matériaux de construction habituels, pas de murs porteurs, pas de poutres, d'échafaudages, guère de béton et de briques, pas de verre, de bois, d'aluminium, je me contente de peu, quelques adjectifs de couleur dans les chambres, pour les rideaux, les couvre-lits (« murs humides et sales, tapissés d'un vieux tissu orange assorti aux fleurs sombres du couvre-lit et des rideaux »). Je ne dessine pas les plans de mes hôtels avant de les construire, mais presque toujours je les vois, comme dans un rêve, les hôtels de mes livres sont des chimères d'images, de souvenirs, de fantasmes et de mots.

Il y a toujours quelques personnages ici et là dans les hôtels que j'ai construits, des fantômes plus ou moins inspirés de personnes réelles que j'ai croisées lors de mes voyages, le réceptionniste de l'hôtel de Venise, des femmes de chambre invisibles, des grooms en livrée noire et boutons dorés avec une petite toque noire sur la tête, des portiers inventés, en habit d'apparat, redingote et gilet gris, qui veillent devant des portes d'hôtels imaginaires. À côté de ces silhouettes à peine esquissées, il y aurait les contours plus consistants de quelques figures qui friseraient le statut de personnage de roman, mon ami le barman de l'hôtel de Venise, le patron de l'hôtel de Sasuelo, la patronne de l'hôtel *L'Ape Elbana* à Portoferraio. On pourrait retenir des convergences entre tel et tel de mes hôtels, entre la réception de l'hôtel de Venise et celle de l'hôtel Hansen à Shanghai, on noterait des lignes de force, des points communs, des coïncidences asiatiques, des convergences méditerranéennes, un style peut-être se dessinerait, les chambres auraient des motifs récurrents, il y aurait un petit perron commun à plusieurs livres. J'aurais pu commencer une phrase à Madrid au début des années 90 et la finir en Corse quinze ans plus tard :

> L'entrée de l'hôtel présentait un petit perron fleuri, au haut duquel s'ouvrait

une double porte vitrée. Je gravis le perron et traversai la tonnelle sous laquelle des nappes blanches avaient été dressées pour le déjeuner.

Le petit perron fleuri serait le même, issu d'une imagination pérenne. Mais la première phrase est issue de *La Réticence*, 1991, et évoque l'hôtel de Sasuelo, et la deuxième est tirée de *Fuir*, 2005, et décrit un hôtel à Portoferraio.

Dans *La Salle de bain*, pendant une quinzaine de pages, je me suis ingénié à cacher que l'hôtel se trouvait à Venise. Je ne me suis jamais préoccupé de lui trouver un emplacement plausible dans la ville, un *lieu réel* où le construire (les Zattere, par exemple), ni même *un lieu imaginaire* où il s'érigerait. L'hôtel n'avait ni entrée ni façade ni enseigne, c'était un hôtel purement mental, une vue de l'esprit, je ne m'intéressais qu'à la chambre, l'intérieur de la chambre où s'enferme le narrateur. Au-delà de cette chambre, j'ai construit un réseau de couloirs, de corridors, de coudes, de paliers et d'étages (« c'était un labyrinthe, nulle indication ne se trouvait nulle part »). Les autres pièces n'apparaissent dans le livre qu'au gré de mes besoins romanesques, par apports successifs, non pour tenter de constituer un ensemble architectural harmonieux et fonctionnel, mais au rythme des scènes que je compose, chaque pièce n'étant créée que pour sa *fonctionnalité fictionnelle*.

L'image fondatrice de *Faire l'amour* est un bref dialogue entre le narrateur et Marie devant la grande baie vitrée d'un hôtel de Shinjuku, à Tokyo. Le livre s'est construit à partir de cette image, elle s'est imposée à moi tandis que je marchais dans le petit sentier abrupt de la Tour d'Agnelo en Corse. J'ai tout de suite su que cette image donnerait naissance à un livre et non à un film, car c'était une image littéraire, faite de mots, d'adjectifs et de verbes, et non de tissus, de chairs et de lumières. La façon dont j'ai construit cet hôtel à Tokyo est tout à fait représentative de la manière dont je construis mes hôtels, autant dire de la façon dont je construis mes personnages. Car, d'un point de vue littéraire, il n'y a pas de différence entre construire un hôtel et construire un personnage. Dans les deux cas, des détails issus de la réalité se mêlent à des images qui se forment dans l'imagination, le songe ou le fantasme, parfois s'ajoutent quelques esquisses, des petits dessins, des photos, des documents plus classiques, des guides touristiques, un plan de Tokyo détaillé, des prospectus qui me permettent de localiser les hôtels dans l'espace et de recopier leur adresse exacte (*2-7-2, Nishi-Shinjuku, Shinjuku-ku*). Je ne compose un hôtel qu'à partir de plusieurs hôtels existants. Je les mélange et je les fonds ensemble pour en créer un à ma mesure, nourrissant mon imagination de détails véridiques puisés dans la réalité qui vont se greffer à l'hôtel en devenir que je suis en train de construire. C'est vrai pour les hôtels comme pour les personnages de mes livres — je fais mine de parler d'hôtels, mais je suis en train de parler d'Edmondsson ou de Marie.

De la même manière qu'il faut plusieurs centaines de kilos d'arbustes aromatiques pour produire, par distillation, un flacon d'essence de romarin, il faut éteindre beaucoup de vie réelle pour obtenir le concentré d'une seule page de fiction. Ce réseau d'influences multiples, de sources autobiographiques variées, qui se mêlent, se superposent, se tressent et s'agglomèrent jusqu'à ce qu'on ne puisse plus distinguer le vrai du faux, le fictionnel de l'autobiographique, se nourrit autant de rêve que de mémoire, de désir que de réalité. Un tel mélange d'influences est particulièrement frappant dans le cas de l'hôtel de Tokyo, où la chambre m'a été inspirée par une chambre d'un hôtel où j'avais résidé à Osaka et l'extérieur par un hôtel que je connaissais à Tokyo, ce qui fait que deux hôtels au moins m'ont servi de modèle pour construire cet hôtel imaginaire, sans compter d'autres hôtels encore, à Sendai ou à Shinagawa, auxquels j'ai emprunté ici et là quelque dernier détail (la scène du téléviseur qui s'allume tout seul dans la chambre pour prévenir de l'arrivée d'un fax m'a été inspirée d'un épisode qui m'est réellement arrivé dans un hôtel de Shinagawa). Ainsi, comme au cinéma, où il est fréquent que l'on mélange plusieurs lieux pour composer un décor unique, l'intérieur et l'extérieur de l'hôtel ne correspondent pas, mais forment un nouvel ensemble, un bâtiment hybride, fantasque et littéraire, une construction immatérielle d'adjectifs et de pierre, de métal et de mots, de marbre, de cristal et de larmes.

LITTÉRATURE ET CINÉMA

J'ai dû faire une dizaine de conférences intitulées *Littérature et cinéma* dans ma vie, et, jusqu'à présent, je pense avoir toujours été un peu décevant (le « jusqu'à présent » n'est pas mal). Je n'ai pas pour autant à l'esprit de souvenirs précis de conférence ratée, où, devant mes cafouillages à répétition, je serais devenu la cible de divers projectiles périssables, concombres de mer et lazzis fusant dans la salle de conférence. Non, rien de tout cela. Une fois seulement, j'ai failli m'évanouir sur l'estrade, à la NYU (New York University), un simple malaise, bref vertige social (mais qu'est-ce que je fais là ? est-ce bien la peine de continuer à parler ?) et, sentant la sueur froide gagner progressivement mes tempes, je me suis interrompu et j'ai quitté la salle en m'excusant, avant de revenir quelques minutes plus tard, tout pâle, pour reprendre ma prestation d'une voix altérée sous les ovations mentales d'une assistance désormais acquise à ma cause (car le public, évidemment, prend toujours la défense des orateurs désemparés — c'est à vous décourager d'être brillant).

Un jour, j'ai fait une conférence sur la question à l'université de Princeton. Princeton a, dès l'abord, dès le premier pied que l'on pose dans l'enceinte du campus, dans une de ces longues allées champêtres silencieuses et studieuses, où étudiants et écureuils vaquent en toute quiétude à leurs innocentes occupations respectives (lire et monter aux arbres, manger des noisettes et forniquer), ce côté microcosme universitaire, où tout le monde se connaît, se jalouse et cancane, et où, à chaque coin d'allée, on peut tomber sur un Pnine réincarné ou un Humbert Humbert poussant nonchalamment une bicyclette bringuebalante garnie de porte-bagages en tissu écossais, tant est prégnant ici, partout, le sentiment de se trouver entre les pages gazouillantes d'un livre de Nabokov. Après avoir donné ma conférence à un public restreint dans l'ombre studieuse d'une petite bibliothèque privée (conférence sobrement intitulée *Littérature et cinéma*, dont je vous épargnerai la teneur pour éviter une trop manifeste mise en abîme), je fus convié à un dîner à Princeton dans un très bon restaurant de poissons décoré de boiseries sombres, où, à quelques tables de nous, dînait ce soir-là l'écrivain et critique Edmund White. Mais trêve de mondanités. À notre table, présidant la soirée, se tenait le directeur du département de français de Princeton et, à côté de lui, légèrement sur sa gauche — et on en arrive doucement où je voulais en venir — se trouvait un universitaire polonais, professeur de biologie, ou de physique (ou peut-être de biophysique), qui entreprit à la fin du repas de nous raconter une anecdote, que j'aimerais relater à mon tour, non pas *fidèlement*, mais, au contraire *traîtreusement*, le plus *traîtreusement* possible, en l'adaptant et en l'enrichissant, en la modifiant et en l'enjolivant, bref en me l'appropriant — exactement comme ce que devrait toujours être l'adaptation cinématographique réussie d'un bon livre.

Voici l'anecdote : ce matin-là, cet universitaire polonais (retenez-moi, ou je le décris, on se voudrait essayiste et je glisse inexorablement vers la fiction), avait pris un verre avec quelques-uns de ses collègues dans un café voisin du campus, et, comme ils discutaient à bâtons rompus des différentes disciplines qu'ils enseignaient et qu'ils comparaient les caractéristiques et les mérites respectifs de la biologie et des mathématiques, un des professeurs présents avait avancé l'hypothèse suivante : selon lui, on pouvait dire que les différences entre la biologie et les mathématiques étaient les mêmes qu'entre la littérature et le cinéma.

C'était là, il me semble, une intuition tout à fait remarquable. Il est vrai que, pour le mathématicien ou l'écrivain, l'objet de la recherche est une parfaite abstraction, un objet d'imagination, une pure fiction (à partir des œuvres du passé, et en s'inspirant éventuellement de la réalité, le mathématicien et l'écrivain construisent un monde idéal dont ils élaborent eux-mêmes les règles), alors que le biologiste et le cinéaste doivent composer avec le réel, l'objet de leur recherche est objectif et concret, visible et mesurable, quantifiable et tangible. Par ailleurs, le mathématicien et l'écrivain, qui se servent pour l'essentiel de leur esprit, font un travail solitaire, qui ne nécessite pas de moyens techniques particuliers (en forçant un peu le trait, on peut dire qu'ils ont juste besoin d'un papier et d'un stylo, aujourd'hui d'un simple ordinateur), alors que le biologiste et le cinéaste, qui dirigent des équipes fortement spécialisées (laboratoire scientifique ou équipe de cinéma), ont besoin de matériel lourd, souvent sophistiqué et coûteux. Pour le mathématicien ou l'écrivain, le lien avec le monde est ténu, ils travaillent dans un univers sans contrainte, leurs visions sont abstraites, leurs équations sont immatérielles, ils avancent, lentement, souvent dans le brouillard, solitaires, en proie à l'hésitation et au doute, alors que les cinéastes et les biologistes ont une activité sociale structurée et rassurante, ils sont confrontés concrètement à la réalité des choses, à la fois dans la dimension humaine de leur activité (contact avec les équipes dont ils sont responsables, recherche de budgets), mais également au cœur même de leur travail quotidien, qui est toujours centré sur le vivant (ah, les actrices !). Nous avons donc, dans un cas, des hommes remarquablement équilibrés, responsables et mesurés (les biologistes et les cinéastes), et dans l'autre, hélas, des irresponsables angoissés, des rêveurs onanistes qui ont perdu tout contact avec la réalité (eh bien, je vois qu'il est temps de dire un mot de Proust).

LIRE PROUST

Il est rare, je crois, que l'on lise d'une traite les quelque trois mille pages d'*À la recherche du temps perdu* (mais comment diable peut-on écrire des livres aussi longs). À bien y réfléchir, d'ailleurs, *À la recherche du temps perdu* est sans doute un de ces rares livres que j'ai davantage relu que lu, piochant régulièrement dedans au cours des années, et ne sachant plus très bien, finalement, pour certains passages que j'étais en train de relire, si je les avais déjà lus au moins une fois au préalable.

Par sa richesse et ses dimensions exceptionnelles, *À la recherche du temps perdu* est un livre qui nous accompagne toute la vie. Il se passe d'ailleurs souvent pour moi la chose étrange, à sa lecture, ou à sa relecture, en relisant dix ans plus tard quelque passage que j'avais déjà lu dix ans plus tôt, ou en en découvrant un autre, dont je ne me souviens plus, ou que je n'avais peut-être même jamais lu, mais qui m'en rappelle un déjà lu, par l'intermédiaire de tel lieu, ou de tel personnage, tant les uns et les autres sont étroitement imbriqués et intimement liés dans la gigantesque toile arachnéenne de l'œuvre, que surgisse alors dans mon esprit, exactement comme de la tasse de thé du narrateur lorsqu'il reconnaît le goût du morceau de madeleine trempé dans le tilleul, l'essence même du volume que j'étais en train de lire à l'époque, l'odeur et la texture de ses pages, le cuir souple et malléable de la reliure de l'édition de la Pléiade que je lisais à ce moment-là, la légèreté de son papier bible, mais aussi le fauteuil dans lequel j'étais assis, la chambre tout entière de l'appartement de mon grand-père où je vivais alors, les grands rideaux de velours jaune à fanfreluches et la lumière dorée de la lampe de lecture, le beau tapis persan, les meubles de la pièce, le lit, la bibliothèque vitrée remplie de livres et de piles de manuscrits. Tout ceci et encore l'odeur particulière de cette chambre, ce mélange de renfermé et de poussière qui me parcourt alors fugitivement la narine. Il ne s'agit nullement d'un effort de la mémoire, d'une tension de l'esprit ou d'une prouesse de la concentration, mais d'une pure magie, de cette pure magie qui nous permet, parfois, au hasard d'un goût ou d'un parfum reconnu dans la vie, de faire surgir un instant le passé dans le présent, et de retrouver ainsi l'espace de quelques secondes, intacte et inchangée, non pas de façon intellectuelle et délibérée, mais de façon purement fortuite, sensible et sensuelle, l'essence de ce qui est à jamais disparu (en d'autres termes, et pour dire vite, le temps perdu).

J'avais une vingtaine d'années quand j'ai abordé pour la première fois *À la recherche du temps perdu*, avec beaucoup de prudence et de circonspection (comme si le livre, par ses dimensions et sa réputation, avait quelque chose d'intimidant, comme si je n'étais pas encore forcément digne de le lire moi-même, et que je devais l'ouvrir avec beaucoup de précaution), et, avec une désinvolture absolue, j'ai sauté toute la première partie, *Combray*, sur les conseils de ma mère, pour commencer tout de suite par *Un amour de Swann*, plus romanesque et plus léger, plus brillant, plus drôle et plus vivant, avec, d'entrée, la jouissive description du petit clan des Verdurin. Il est vrai, d'ailleurs, que, pour ceux qui se mesurent pour la première fois à un tel sommet de la littérature, et qui ne sont pas, comme je le suis devenu moi-même avec les années, à force de lectures et d'expériences, un de ces vieux anapurniens qui sillonnent les sentiers des lettres les plus pentus avec une agilité de gardon (avec déjà plusieurs sommets de légende à leur actif, les plus fabuleux « huit mille » de la littérature derrière eux, *Ulysse*, *Au-dessous du volcan*, *L'Homme sans qualités, Le Quatuor d'Alexandrie*), *Un amour de Swann* est sans doute la manière la plus facile d'aborder *À la recherche du temps perdu*, la voie d'accès la plus aisée, la plus simple et la plus balisée, vers ce sommet de la littérature du XXe siècle.

Quelque six cents pages plus loin, six cents pages plus tard, dans un bungalow de la cité administrative d'Aïn d'Heb, non loin de Médéa, en Algérie, par près de 40° à l'ombre, la fenêtre de l'unique pièce où je vivais largement ouverte sur la grande terrasse ensoleillée, je lisais *À l'ombre des jeunes filles en fleurs* à l'ombre des plants de tomates que nous faisions pousser dans le petit jardin. Le soleil tapait fort sur la terrasse. Les pierres, brutes, mal nivelées sur le sol, étaient brûlantes sous la plante de mes pieds, lorsque, interrompant un instant ma lecture, je faisais un tour en m'étirant ou me massant le dos, et, revenant vers le livre que j'avais laissé ouvert derrière moi sur la chaise, je reprenais ma lecture dans l'ombre fraîche du bungalow d'Aïn d'Heb. Parfois, ressortant ma chaise d'écolier sur la terrasse (l'essentiel du mobilier dont je disposais dans cette maison m'avait été fourni par le lycée où j'étais professeur, et, si, l'après-midi, je lisais sur une chaise d'écolier, le soir, je lisais dans un lit de dortoir à barreaux qu'on m'avait prêté, un oreiller derrière le dos), je m'installais en bordure du potager où je faisais pousser quelques salades et deux ou trois radis, et je lisais ainsi *À la recherche du temps perdu* dans l'émolliente tiédeur de cette fin d'après-midi, tandis que le soleil déclinait progressivement à l'horizon. Bientôt, d'ailleurs, il n'y avait plus d'ombre sur mes pieds (c'est que j'avais dû passer du côté de Guermantes).

Combien de pages, au juste, séparent cette chaise d'écolier d'Aïn d'Heb du fauteuil de la chambre à coucher de l'appartement de mon grand-père où, il y a près de trente ans, j'ouvrais pour la première fois *À la recherche du temps perdu* et lisais la première phrase du livre (qui n'était pas, curieusement : « Longtemps, je me suis couché de bonne heure », car j'avais commencé par *Un amour de*

Swann), combien de pages la séparent du fauteuil bleu turquoise que j'ai sous les yeux dans la grande pièce de la maison de Barcaggio, où, il y a quelques mois encore, je relisais un passage d'*À la recherche du temps perdu* dans l'édition Bouquins (robuste édition tout-terrain, qu'on peut emporter à la plage et en promenade dans le maquis), et combien de temps la sépare d'autres fauteuils encore, dans d'autres villes, dans d'autres pays, combien de pages, en somme, combien de pages écrites et combien de pages lues, combien de moi-mêmes différents et semblables séparent ce premier fauteuil de la chambre à coucher de l'appartement de mon grand-père où j'ai lu Proust pour la première fois de ce fauteuil bleu turquoise que j'ai sous les yeux dans la maison de Barcaggio ? Combien de temps et combien de moi-mêmes ? Je ne sais pas, je ne me souviens que de ces quelques fauteuils, le fauteuil en velours gris-bleu de la chambre de mon grand-père, la chaise d'écolier un peu raide du bungalow de Médéa et le fauteuil bleu turquoise, immobile et poussiéreux, que j'ai à présent sous les yeux dans la grande pièce de la maison de Barcaggio.

Les meilleurs livres sont ceux dont on se souvient du fauteuil dans lequel on les a lus.

MOI, RODION ROMANOVITCH RASKOLNIKOV

J'ai lu pour la première fois *Crime et châtiment* en 1979, au Portugal, sur les conseils de ma sœur. J'avais vingt et un ans, je n'avais rien lu auparavant, pas de littérature, seulement quelques perles isolées, comme *La Métamorphose* de Kafka ou *L'Étranger* de Camus. Je ne me souviens pas que *Crime et châtiment* m'ait particulièrement plu. Non, c'est bien au-delà d'aimer ou d'admirer un livre. Mes yeux, simplement, se sont ouverts. Ce fut une révélation. Un mois plus tard, je me mettais à écrire. C'est ce livre-là, c'est *Crime et châtiment* qui m'a ouvert les yeux sur la force que pouvait avoir la littérature, sur ses pouvoirs, sur ses possibilités fascinantes. En m'identifiant au personnage de Raskolnikov, en connaissant ce frisson-là, de m'identifier à

Rodion Romanovitch Raskolnikov — car je me suis tout de suite identifié au personnage terriblement ambigu de Raskolnikov —, je commettais un meurtre moi-même. En tuant cette vieille usurière — ce « pou », l'expression est de Raskolnikov —, j'accompagnais le cheminement de l'assassin, je pénétrais dans ses pensées, j'avais peur avec lui, je sortais en sa compagnie dans la rue et je montais, le cœur battant, chez la vieille usurière, une hache attachée dans l'intérieur du manteau, par une boucle spécialement cousue à cet effet (j'adore ce détail — pratique, vertigineux). En tuant, fictivement, cette vieille usurière dans un livre, c'est la première fois que je prenais conscience des pouvoirs terribles que pouvait avoir la littérature. Ce personnage — cet étudiant, cet assassin — c'était moi. Je pressentais, sans pouvoir encore le formuler, qu'une des forces majeures de la littérature résidait dans son ambiguïté. La littérature, c'était — ce devait toujours être — du soufre, de l'incandescence, de l'acide. C'est parce que c'est à un assassin que je m'étais identifié que cette lecture m'a autant troublé. Avec cette lecture, un nouvel horizon s'ouvrait devant moi. Le crime de Raskolnikov a eu autant d'influence sur la vie du personnage de fiction qu'est Raskolnikov que sur la mienne, sur la personne réelle de vingt et un ans que j'étais à l'époque. Le crime de la vieille usurière de Pétersbourg a été *fondateur*, aussi bien pour la vie de Raskolnikov que pour la mienne — lui devenant assassin, et moi, écrivain.

Mais il y a autre chose qui m'est apparu pendant la lecture de *Crime et châtiment*, quelque chose de souterrain, de secret, de subliminal, dont je n'avais pas conscience sur le moment, que je ne pouvais pas nommer et que j'ai mis longtemps à identifier. En relisant le livre, trente ans après ma première lecture, je crois que j'ai trouvé, c'est l'usage que Dostoïevski fait du « plus tard », de « l'après-coup », cette immixtion limitée, ponctuelle, du futur dans le présent, qu'en narratologie on appelle la prolepse et au cinéma le *flashforward* (le contraire du *flashback*). Cette brève intrusion de l'avenir dans le présent induit pour le personnage un sentiment de prémonition, et implique, pour l'auteur, une idée de destin.

> Dans la suite, quand il se remémorait ce moment et tout ce qui lui était arrivé au cours de ces journées, minute après minute, point après point, trait après trait, il était toujours superstitieusement frappé par une circonstance qui au fond n'avait rien d'extraordinaire, mais qui lui semblait constamment ensuite avoir été une sorte de prédestination de son sort. La voici : il n'arrivait pas à comprendre ni à s'expliquer pourquoi, fatigué, épuisé, alors que le plus avantageux aurait été de rentrer chez lui par le chemin le plus court et le plus direct, il était rentré par la Place aux Foins, qui ne lui était pas du tout nécessaire. (...) Mais pourquoi donc, se demandait-il toujours, pourquoi une rencontre — aussi importante, aussi décisive pour lui et en même temps

aussi parfaitement fortuite — sur la Place aux Foins (par laquelle rien ne l'obligeait à passer) s'était-elle présentée précisément à ce moment, à cette heure, à cette minute de sa vie, avait-elle coïncidé précisément avec un état d'esprit et des circonstances qui seuls pouvaient lui permettre, à cette rencontre, d'exercer l'influence la plus décisive et la plus définitive sur toute sa destinée ? On aurait dit qu'elle le guettait [1] !

J'éprouve une fascination absolue pour ce paragraphe, pour cette façon — le meurtre n'ayant pas encore été commis — dont Dostoïevski entrevoit, ou sait déjà, que Raskolnikov se souviendrait plus tard de ce moment précis. Je pourrais presque dire, voilà, c'est pour ça, c'est pour cet usage de la prolepse, que j'ai aimé *Crime et châtiment* (si je ne craignais de décourager les meilleures volontés). Il y a là pour moi

1. *Crime et châtiment*, traduction Pierre Pascal (GF Flammarion).

un prodige, un tour de prestidigitation, une magie, mais qui n'a rien de surnaturelle ou de féérique, qui est au contraire terriblement quotidienne, banale, prosaïque. Cette figure fascinante de la prolepse, que j'ai dû pressentir lors de cette première lecture sans pouvoir encore la nommer, on la retrouve tout au long de *Crime et châtiment*, on pourrait presque dire qu'elle en est le chiffre secret. On pourrait multiplier les citations à l'infini. Par exemple : « Dans la suite, au souvenir de cet instant, Raskolnikov se représentait les choses de la façon suivante. » Ou encore : « Lorsque plus tard, longtemps après, il se rappelait cette époque. » « Dans la suite », « au souvenir de cet instant », « plus tard », « longtemps après. » Et je ne peux m'empêcher de rapprocher cette douce litanie d'adverbes de temps des « plus tard » de mes propres livres. La première phrase de *La Vérité sur Marie*, n'est-elle pas : « Plus tard, en repensant aux heures sombres de cette nuit caniculaire, je me suis rendu compte que nous avions fait l'amour au même moment, Marie et moi, mais pas ensemble » ?

Une des scènes les plus fascinantes de *Crime et châtiment* est la scène de l'aveu. C'est un modèle de réticence (du latin *reticencia*, silence obstiné), peut-être même le comble de la réticence, au sens premier qu'en donne le Robert : *Omission volontaire d'une chose qu'on devrait dire ; la chose omise.* Car l'aveu de Raskolnikov est un aveu qui ne passe pas par les mots. Son crime, il ne peut pas le nommer. Lorsqu'il se rend chez Sonia dans l'intention de lui avouer le meurtre, il n'est pas capable de le formuler, il se contente de le lui faire deviner. Tout se passe dans le silence, dans le sous-entendu, dans des échanges de regard (« Il se passa une minute effrayante. Tous deux se regardaient l'un l'autre »), et la scène se termine ainsi, alors que Raskolnikov n'a toujours rien dit explicitement : « Tu as deviné ? chuchota-t-il. » Et Sonia de répondre : « Seigneur ! Ce fut un cri effrayant qui s'arracha de sa poitrine. Elle tomba sans force sur le lit, le visage dans les oreillers. » Voilà, l'aveu est fait, sans que le crime soit à aucun moment nommé. Tout au long du livre, d'ailleurs, le crime est indicible, non seulement pour Raskolnikov, mais également pour ses proches (Sonia, Razoumikhine), qui ne peuvent que l'entrevoir parfois dans ses yeux, comme une ombre monstrueuse qui obscurcit un instant l'atmosphère entre eux, comme quand un nuage passe dans le ciel et éclipse un instant le soleil. Mais, ce qui est plus étrange encore, c'est que « la chose » — le crime, ce crime si difficile à nommer pour les personnages — semble même indicible pour l'auteur lui-même, qui s'obstine à tourner autour, qui l'évite en permanence, qui l'élude, qui l'esquive, tout en le sous-entendant sans cesse, en le mettant consciemment au centre de la moindre action du livre. Le crime de *Crime et châtiment* est une sphère dont le centre est partout, la conférence nulle part. C'est un crime muet, que le lecteur, comme

Raskolnikov, va devoir nommer, pour se délivrer du châtiment tacite qu'il induit.

Dans ses *Carnets*, Dostoïevski dit, à juste titre, que, sans son crime, Raskolnikov n'aurait pas découvert en lui « de tels problèmes, de tels désirs, de tels sentiments, de tels besoins, de telles aspirations, un tel développement ». Mais, au-delà du silence, il y a une vraie angoisse qui naît dans l'esprit du lecteur. Cette angoisse est littéralement insupportable dans *Crime et châtiment*, où on finit par brûler de dire, d'avouer, pour faire cesser les tourments de la menace et de l'attente vaine. J'ai l'impression qu'une seule fois seulement, Dostoïevski dit les choses dans *Crime et châtiment*, c'est dans la scène la plus fameuse du roman, la scène où se trouve réunie la trinité du livre. Il y a là, dans une image saisissante, rassemblés au bord du lit de la chambre de Sonia, l'assassin, la putain et la Bible : « La bougie depuis longtemps mourait dans le bougeoir tordu, éclairant faiblement, dans cette chambre misérable, l'assassin et la pécheresse, étrangement unis pour la lecture du livre éternel. » « L'assassin » écrit Dostoïevski à propos de Raskolnikov, et le mot résonne dans notre esprit. Et c'est d'autant plus saisissant que c'est une des rares fois où Dostoïevski dit les choses explicitement, nomme aussi clairement Raskolnikov comme un assassin et Sonia comme une pute.

Avec *Crime et châtiment*, je découvrais la puissance de la littérature, pas ses finesses. Ce n'est que plus tard que je me suis intéressé aux véritables enjeux de la littérature, les questions de forme, de manière, de rythme, de construction : la subtilité et le raffinement. Dostoïevski n'est sans doute pas un grand styliste. Qu'importe. *Crime et châtiment*, je l'ai pris dans la gueule. « Un livre doit être la hache qui brise la mer gelée en nous » dit Kafka. La hache ? C'est le tranchant scintillant de cette hache — la littérature — que j'ai vu briller pour la première fois dans *Crime et châtiment*.

LE JOUR OÙ J'AI RENCONTRÉ JÉRÔME LINDON

C'est un télégramme qui fut mon premier lien avec Jérôme Lindon, je revois très bien le papier pâle et bleuté et les mots impersonnels écrits à la machine sur des bandelettes de papiers blancs collées les unes à côté des autres, j'en ai pris connaissance devant la cheminée de la maison d'Erbalunga et je tâchais de contenir mon excitation, je ne sais plus exactement ce qui était écrit sur ce télégramme, ce devait être un message très simple, Jérôme Lindon me demandait sans doute de le rappeler, mais je me souviens que je ressentais un calme étrange en regardant ce papier entre mes mains, pressentant qu'il recelait la confirmation en puissance de l'orientation de ma vie.

Je n'ai parlé à Jérôme Lindon que le lendemain, depuis la petite cabine téléphonique de la poste d'Erbalunga. Je me souviens parfaitement des premiers mots de cette conversation, moi recroquevillé dans la cabine vitrée à l'intérieur de la poste, la tête baissée, une main sur le récepteur pour ne pas en perdre une miette, et lui me demandant d'entrée si j'avais déjà signé un contrat avec un éditeur. Non, le manuscrit de *La Salle de bain* avait été refusé par toutes les maisons d'édition à qui je l'avais proposé, et il était resté en souffrance aux Éditions de Minuit dans le bureau d'Alain Robbe-Grillet, qui enseignait alors aux États-Unis, Jérôme Lindon ne l'ayant découvert que par hasard un jour qu'il vaquait dans l'immeuble (un arrosoir à la main, qui sait, comme il m'est arrivé de le voir par la suite, il aurait très bien pu faire sienne cette phrase de Beckett, je la cite de mémoire, c'est dans *L'Expulsé* ou dans *Molloy*, « il n'y a que moi qui comprenne quelque chose aux tomates dans cette maison »).

À partir de ce jour, et pendant toute la durée du mois qui suivit — j'avais renvoyé le contrat signé par la poste, mais nous ne nous étions pas encore vus — il me téléphonait en Corse une ou deux fois par semaine, chez les voisins qui occupaient la petite ferme en contrebas de la maison (il y avait cinq minutes de marche aller, et cinq minutes retour entre les deux maisons). J'arrivais, tout essoufflé et ravi, et nous discutions de choses et d'autres au téléphone, de mes influences littéraires et de mon manuscrit. À l'époque, cela me paraissait normal qu'un éditeur s'intéresse d'aussi près aux moindres détails lilliputiens du manuscrit d'un inconnu. Le jour de Noël 1984, il m'a même téléphoné à Bruxelles, chez mes parents, il avait un petit doute sur la forme qu'il fallait préférer : « une sinusite, pour lui, n'était rien que banal » ou « une sinusite, pour lui, n'avait rien que de banal ». Il aurait, certes, pu m'appeler le soir du réveillon, mais, avec beaucoup de sagesse, il a préféré attendre le lendemain, jugeant sans doute que la question pouvait attendre jusqu'au déjeuner du 25 décembre.

Finalement, nous nous sommes rencontrés pour la première fois un après-midi de décembre 1984. Je me souviens très bien du premier regard que Jérôme Lindon m'a adressé ce jour-là, incroyablement droit, j'ai senti un regard infaillible dès le premier coup d'œil, un regard qui évalue, qui jauge et qui juge, cela faisait moins de cinq secondes que j'étais en face de lui, il venait de se lever de son fauteuil pour m'accueillir dans son bureau du troisième étage de la rue Bernard-Palissy, et il était en train de se demander, avec ce sentiment d'urgence, de curiosité et de vivacité, qui faisait de lui un si grand éditeur, si j'étais, ou non, plus grand que lui. Mais rien ne transparut dans son attitude, il demeura impassible et me fit asseoir, aucune expression de déception sur son visage en constatant que j'étais très légèrement plus grand que lui, peut-être une infime contrariété contenue, un fugitif sentiment d'amertume tout aussitôt chassé de son esprit (bah, les jeunes auteurs n'auront plus le respect des anciens, l'élémentaire politesse d'être légèrement plus petit que leur éditeur).

Je n'ai pas beaucoup d'autres souvenirs de notre première conversation, mais je revois encore très bien son bureau, les étagères de livres aux murs, blanc et bleu avec l'étoile de Minuit, ou aux jaquettes multicolores des innombrables exemplaires des traductions des auteurs de la maison, beaucoup de choses nouvelles commençaient pour moi ce jour-là, qui allaient devenir rituelles et immuables, le rendez-vous de midi et demi pour aller déjeuner, sa cavalcade dans les escaliers pour venir accueillir le visiteur et lui serrer la main, son très léger essoufflement après un tel raid, la lente marche vers le restaurant Le Sybarite, l'échange de nouvelles et les petites plaisanteries échangées dans la rue, sa façon de les esquiver et de relancer la conversation après un instant de silence. Ce dont je me souviens aussi, ce qui m'a frappé d'emblée, c'est la capacité qu'il avait à désamorcer les tensions, avec un mélange d'assurance autoritaire dans le regard qui imposait le respect et une douceur dans les gestes, dans le glissé des mains et l'onctuosité de la voix qui apaisait l'interlocuteur et parait par avance ses éventuels coups de griffes, à la manière de ces dompteurs aguerris au contact des grands fauves particulièrement vulnérables, dangereux et imprévisibles que devaient être — je commençais à le pressentir — les écrivains.

En sortant de ce premier rendez-vous, en cette fin d'après-midi de décembre 1984, mes forces m'abandonnèrent peu à peu, trop de choses à la fois étaient en train de s'accomplir, trop d'émotions, et je me suis assis sur le trottoir, rue de Rennes, c'était la veille de Noël, il faisait nuit, des décorations pendaient à des fils aux devantures des magasins, j'étais assis au bord de la chaussée, le front humide de transpiration, les phares des voitures passaient sur mon visage, mon regard se brouillait et je me sentais m'évanouir lentement, je suivais des yeux les feux arrière des voitures qui s'éloignaient sur le boulevard Saint-Germain, je regardais le ciel, je regardais la ville, j'avais relevé le col de mon manteau et je ne bougeais plus, j'étais assis là dans la rue à Paris vers six heures du soir, j'avais vingt-sept ans, bientôt vingt-neuf, je venais de quitter Jérôme Lindon et *La Salle de bain* allait être publié aux Éditions de Minuit.

POUR SAMUEL BECKETT

Au début des années 80, j'ai écrit une lettre à Samuel Beckett. Je lui expliquais que j'essayais d'écrire, j'ajoutais que je supposais qu'il devait être très sollicité par des inconnus et je lui proposais, plutôt que de lui demander son avis sur un de mes textes, de faire une partie d'échecs par correspondance, dont l'enjeu serait la lecture d'une pièce de théâtre que je venais d'écrire. Je gagnais, il lisait ma pièce, et me donnait son avis. Il gagnait, je relisais ma pièce, à tête reposée. Je terminais ma lettre ainsi : « au cas où, 1. e4 ». Par retour du courrier, Samuel Beckett m'a répondu : « Les noirs abandonnent. Envoyez la pièce. Cordialement. Samuel Beckett. » Je lui ai envoyé ma pièce, et une ou deux semaines plus tard, j'ai reçu un nouveau petit mot de sa main, il avait tenu sa promesse : il avait lu ma pièce et me conseillait d'abréger certains passages.

Plus tard, beaucoup plus tard, à l'échelle du temps tel que je le percevais à l'époque (disons, quatre ans plus tard), je me trouvais dans le bureau de Jérôme Lindon, rue Bernard-Palissy, à Paris. Mon premier roman, *La Salle de bain*, venait de paraître, le livre avait été très bien accueilli par la critique et nos relations étaient des plus détendues et cordiales. À la fin de notre entretien, je me lève et je lui tends la main pour prendre congé. « Vous êtes bien pressé, me dit-il, rasseyez-vous, bavardons encore un peu. » Je me rassieds, et nous continuons à parler. La conversation patine un peu, je ne comprenais pas très bien où il voulait en venir (apparemment, il manigançait quelque chose). À trois heures précises, le téléphone sonne, et Jérôme Lindon se jette en avant sur son bureau pour décrocher le téléphone (il avait en toutes circonstances cette façon précipitée de décrocher, comme s'il s'agissait de prendre l'appareil de vitesse avant qu'il ne s'évapore), et il dit, d'une voix calme : « Je descends. » Il raccroche et me dit : « Venez, je vais vous faire rencontrer Beckett. » Nous descendons, l'un derrière l'autre, dans le sombre et raide escalier en colimaçon des Éditions de Minuit, et Samuel Beckett est là, au premier étage, dans l'embrasure de la porte. Je suis extrêmement intimidé, je ne sais plus très bien ce que Lindon lui dit, je ne sais plus ce que je dis, je ne sais plus ce que Beckett dit. Je ne sais plus rien, en somme. Ah, comme mémorialiste. Dans mon souvenir — mais peut-être n'est-ce même pas un souvenir, seulement une vague tentative de reconstitution de la scène —, nous nous serrons la main debout dans l'embrasure de la porte et trois choses me frappent simultanément : d'abord, les jambes extrêmement faibles et fragiles de Beckett, ensuite le manteau qu'il porte ce jour-là et que je revois encore aujourd'hui, court, finement piqueté de laine grise, et enfin, et c'est peut-être le plus extravagant pour moi (mais somme toute assez normal, si on y réfléchit), Beckett, quand il parle français, a un accent irlandais.

Dans les années qui suivent, je croiserai encore une ou deux fois Samuel Beckett dans les bureaux des Éditions de Minuit, toujours au même endroit, dans l'embrasure de la porte du premier étage de la rue Bernard-Palissy (une fois, ma sœur est également présente). Jusqu'alors, je n'avais encore jamais envoyé mes livres à Beckett (par pudeur, ou gêne, ou timidité, je ne sais pas), mais, pour mon troisième livre, *L'Appareil-photo*, je me sens plus en confiance, et, comme cela fait déjà quatre ans que je parle régulièrement de Beckett avec Jérôme Lindon quand nous déjeunons ensemble, que je ne manque jamais de demander de ses nouvelles et que Lindon a maintes fois eu l'occasion de faire savoir à Beckett toute l'admiration que je porte à son œuvre, je dis à Lindon que je souhaite dédicacer mon livre à Beckett. Finalement, et certainement pas à la légère (toutes proportions gardées, j'ai dû passer plus de temps à réfléchir à la dédicace qu'à écrire le livre), j'écris : « Pour Samuel Beckett, avec mon immense estime, mon immense respect et mon immense admiration. » Très bien, me dit Lindon, je lui porterai le livre. Beckett était déjà très affaibli en ce mois de janvier 1989, mais Jérôme Lindon m'a rapporté qu'il avait été très touché par ma dédicace. J'ai même su par la suite, par Jérôme Lindon, qui se rendait quotidiennement à son chevet — et c'est là une scène que j'ai beaucoup de pudeur à rapporter et encore plus d'émotion à imaginer — que, Beckett étant très faible et alité, Jérôme Lindon lui a lu un jour la fin de *L'Appareil-photo* à voix haute dans sa chambre.

Jérôme Lindon est mort en avril 2001, et un jour de 2002 que je passais au cimetière Montparnasse à la recherche de sa tombe, je suis tombé par hasard sur la tombe de Beckett, qui est enterré non loin de lui. Il faisait très beau. Des jardiniers étaient en train d'arroser les pierres tombales à grande eau. Je me suis arrêté, et, debout dans l'allée du cimetière, j'ai regardé longtemps la surface lisse du marbre mouillé de la tombe de Beckett qui brillait au soleil.

LE RAVANASTRON

Au mur, à un clou, tel un pluvier, pendait un ravanastron.

Un quoi ? Un ravanastron. Le mot m'est apparu un jour à l'improviste au bas de la page 71 de *Watt*. Ce fut comme un éblouissement, un pincement de plaisir, une énigme et un défi, le mot mystérieux s'est inscrit immédiatement dans ma mémoire (fautivement, au demeurant, car longtemps, avec légèreté, je disais zavanastron pour ravanastron). Mais bon, un zavanastron, quand on n'est pas tatillon.

Au mur, à un clou, tel un pluvier, pendait un ravanastron.

Porté par l'admirable balancement de la phrase, je me demandais quand même parfois ce que cela pouvait bien vouloir dire.

Dans n'importe quel dictionnaire, je pouvais, au besoin, trouver ce qu'était un pluvier, mais un ravanastron, non. J'ai épluché le Larousse, j'ai fatigué le Robert, j'ai feuilleté le Littré — rien (je pouvais d'autant moins trouver ce ravanastron que je l'avais toujours cherché à la lettre « z »). J'ai fini par m'en ouvrir un jour à Jérôme Lindon, je revois très bien la scène, sans doute au restaurant Le Sybarite (nous déjeunions là de toute éternité, seul changeait le plat du jour). Après un instant de réflexion, un peu pris de court par la question (assez saugrenue, il est vrai), voyant d'autant moins ce que je voulais dire que je lui parlais de zavanastron, et non de ravanastron, Jérôme Lindon, la moue contrariée, d'un geste vague et ondulant de la main, comme pour chasser un moustique invisible qui l'importunait, a supposé que Beckett avait trouvé le mot dans une de ces innombrables encyclopédies qu'il affectionnait, mais je vais lui demander, je vais lui demander, m'a-t-il dit, je vais demander à Sam. Je n'ai plus jamais eu de nouvelles.

En fait, en vérité, je m'en foutais, de ce qu'était un ravanastron. Je ne savais même pas ce qu'était un pluvier. À l'époque, bien entendu. Un mur, oui, je voyais. Un clou, pas de souci. J'ai quand même écrit plusieurs livres. Mais la première fois que j'ai lu la phrase, je l'avoue, à ces deux termes familiers, mur et clou, faisaient pendant ces deux termes fascinants, aux sonorités réjouissantes et vaguement insolentes, pluvier et ravanastron. *Et l'unique cordeau des trompettes marines*, non plus, remarquez, je n'ai jamais très bien compris ce que cela voulait dire (pour rester dans les instruments de musique). D'ailleurs, maintenant que je sais ce que la phrase veut dire, que je peux certifier qu'elle a un sens et que je pourrais, le cas échéant, l'affadir en l'expliquant, je me rends compte que c'est dans sa forme, et nullement par son sens, qu'elle m'avait ébloui. Déjà, à l'époque, en la lisant attentivement, je pouvais imaginer ce qu'elle était censée décrire, je pouvais imaginer un mur, je pouvais imaginer un clou sur ce mur, mais, ne sachant ni ce qu'était un pluvier ni ce qu'était un ravanastron, l'image qui commençait doucement à naître dans les brumes ouateuses de mon esprit restait purement abstraite, pur vertige de rythme et de sonorité, cliquetis mental de couleurs et de consonnes — la littérature, mes agneaux.

DANS LE BUS 63

Ma connaissance de l'œuvre de Beckett est très approximative, incomplète, lacunaire, pleine de failles et de contradictions, de confusions dans les noms, de flou dans le déroulement des anecdotes et de vague dans la chronologie. « Quel vague détestable », dirait Molloy (ou Malone, je ne sais plus — moi, les références). Mais cette approximation compte peu au regard du choc, toujours vivant, dont je ressens encore aujourd'hui les ondes atténuées, que j'ai eu il y a trente ans avec la rencontre de l'œuvre de Samuel Beckett. C'est la lecture la plus importante que j'ai faite dans ma vie. Mon seul modèle, ai-je dit à Jérôme Lindon, quand il a publié mon premier roman. Je ne me suis pas à proprement parler identifié aux personnages de Beckett, je ne me suis pas identifié à Molloy, ou à Malone, mais j'ai compris, en lisant Beckett, que c'était là une façon d'écrire possible. Les autres écrivains que j'admirais, Proust, Kafka, Dostoïevski, je pouvais les admirer sans avoir besoin d'écrire comme eux, mais avec Beckett, c'était la première fois que je me trouvais en présence d'un écrivain auquel j'ai senti inconsciemment que je devais me mesurer, me confronter, de l'emprise duquel je devais me libérer. Sans en être vraiment conscient, je me suis mis à écrire comme Beckett (ce qui n'est pas une solution quand on cherche à écrire — car, qui qu'on soit, vaut mieux écrire comme soi). J'ai été au bout de cette impasse, j'ai connu une période d'abattement et de dépression. Cela a été une épreuve douloureuse, mais salutaire, j'ai dû me défaire de cette influence décisive, de ce regard terriblement lucide sur le monde, noir, pascalien, en même temps que porteur d'énergie et d'un humour triomphant.

D'une certaine façon, l'œuvre de Beckett est inabordable, ou, pour le dire autrement, tous les critères habituels de présentation d'un livre sont ici caducs, inappropriés, débiles, inopérants. En général, pour présenter un livre, on évoque son histoire. Ici, l'histoire est absente, et l'intrigue, l'anecdote, réduite au minimum. L'histoire n'est pas l'enjeu, ce n'est pas là que le livre se joue, ce n'est pas l'essentiel. Il serait vain et téméraire (ou « frivole et vexatoire », pour reprendre de savoureux adjectifs de Beckett dans *Murphy*) de vouloir essayer de résumer *Molloy*, *Malone meurt* et *L'Innommable*. On échouerait nécessairement à remplacer les mots par les mots, quand il s'agit de Beckett. « J'ai l'amour du mot, les mots ont été mes seuls amours, quelques-uns » (*Têtes-mortes*). Le contexte historique est tout aussi absent de l'œuvre de Beckett, il n'est jamais fait allusion à une situation politique ou à un contexte social, nous sommes dans un temps pur préservé de l'histoire, nous sommes dans un monde atemporel. Mais où sommes-nous, alors ? Nous sommes dans une conscience, me semble-t-il, dans l'esprit de Beckett, nous sommes de passage dans l'esprit de Beckett, et nous y vivons heureux quelques heures, le temps de la lecture. Les personnages que nous y croisons, les Molloy, Moran, Malone, Mahood, Worm, sont à peine caractérisés, fors leurs infinies infirmités, qui frisent l'exhaustivité des misères physiques qui peuvent nous affecter. Ils prennent la parole à tour de rôle, mais ne sont pas vraiment différenciés, paraissent interchangeables, Molloy et Moran semblent des reflets l'un de l'autre, l'un pouvant passer pour une projection de l'autre, le produit de son imagination, son rêve ou sa conscience. J'irais même plus loin, ils sont tous, à des degrés divers, des représentants d'un unique narrateur. Voici mon hypothèse : il y a dans la trilogie de Beckett, de même que dans *À la recherche du temps perdu*, un unique narrateur, j'emploie à dessein le terme si proustien de « narrateur ». Et, si Gérard Genette a pu résumer toute *La Recherche* d'un radical « Marcel devient écrivain », nous pourrions, sur le même modèle, résumer l'ensemble de la trilogie par cette simple formule « Molloy doit continuer », car Molloy, dès la première phrase du premier livre — « Je suis dans la chambre de ma mère. C'est moi qui y vis maintenant. Je ne sais pas comment j'y suis arrivé. Dans une ambulance peut-être, un véhicule quelconque certainement » —, ne peut pas continuer, mais Molloy doit continuer, et Molloy va continuer. Continuer à quoi ? Ce n'est pas précisé. Il doit continuer, c'est tout. Continuer. À vivre ? À mourir (Malone) ? À rechercher Molloy (Moran) ? À écrire ? À parler ? (« Cependant je suis obligé de parler. Je ne me tairai jamais. Jamais. ») Continuer. Comme si Beckett en faisait un verbe intransitif. Tout au long des trois livres, perdant ou changeant de nom, comme des peaux mortes qui tombent les unes après les autres après de successives mues, devenant Moran ou devenant Malone, ne devenant plus qu'une voix finalement — la voix du narrateur qui finit par percer et s'affranchir de tous les prête-noms qu'elle s'était inventés, la voix de l'Innommable qui finira par les nommer aussi, tous ces Murphy et consorts, « quand j'y pense au temps que j'ai perdu avec ces paquets de sciure, à commencer par Murphy (...) alors que je m'avais moi sous la main, croulant sous mes propres peau et os, des vrais, crevant de solitude et d'oubli » —, Molloy continue, il s'acharne, il doit continuer, il sait qu'il ne peut pas continuer, il sait qu'il va continuer. « Il faut continuer, je ne peux pas continuer, je vais continuer. » Ç'aurait pu être la première phrase de *Molloy*, c'est la dernière de *L'Innommable*.

Comme chez tous les grands auteurs, comme dans tous les grands livres, c'est dans des questions de rythme, de dynamique, d'énergie, dans des critères de forme que le livre se joue. La voie avait été ouverte par Flaubert cent ans plus tôt, quand il rêvait d'un livre sur rien (« un livre sans attache extérieure, qui se tiendrait de lui-même par la force interne de son style, comme la terre, sans être soutenue, se tient en l'air »). Mais même de ce « rien » flaubertien, comme ultime matière romanesque exploitable, Beckett paraît se méfier. Beckett se méfie des agréments du « rien », comme il se méfie des outils qui pourraient l'exprimer. Beckett ne vise qu'à l'essentiel, dénudant la langue jusqu'à l'os pour approcher une langue inatteignable. S'il choisit d'écrire en français, c'est parce que le français lui apparaît comme une langue où l'on peut écrire sans style, alors que l'anglais lui offrirait trop d'occasions de virtuosités. Mais, il y a, je crois, quelque chose de plus dans l'œuvre de Beckett, quelque chose qui se situe *au-delà* même du langage. *Au-delà* du langage, il reste quoi, alors, dans un livre, quand on fait abstraction des personnages et de l'histoire ? Il reste l'auteur, il reste une solitude, une voix, humaine, abandonnée. L'œuvre de Beckett est foncièrement humaine, elle exprime quelque chose qui est du ressort de la vérité humaine la plus pure. Il y a beaucoup d'écrivains qu'on peut admirer, mais il y en a très peu qu'on peut simplement, au-delà de l'admiration littéraire, aimer. Et me revient alors en mémoire un poème de Villon, qui, à cinq cents ans de distance, sonne parfois comme du Beckett, qui nous parviendrait dans un souffle de vent mêlé aux grincements des cordes des pendus :

Vous nous voyez ci attachés cinq, six
Quant à la chair que trop avons nourrie
Elle est piéça dévorée et pourrie,
La pluie nous a débués et lavés
Et le soleil desséchés et noircis
Pies, corbeaux nous ont les yeux cavés
Et arraché la barbe et les sourcils

Le premier vers du poème de Villon est : « Frères humains, qui après nous vivez » et, dans ce « frère humain », il me semble reconnaître le sentiment qu'on peut éprouver à la lecture de Beckett : celui d'avoir trouvé un frère humain.

Pour autant, l'œuvre de Beckett n'est pas difficile, elle est à la portée d'un enfant de vingt-trois ans. J'avais vingt-trois ans quand j'ai découvert les livres de Beckett, je vivais alors à Paris dans l'appartement de mon grand-père. J'ai lu *Molloy* dans une bergère (ou une marquise, noblesse oblige), en vieux velours bleu pâle, le tissu légèrement râpé aux bras, dans la chambre à coucher de l'appartement de la rue de Longchamp, je me revois dans le fauteuil, *Molloy* dans les mains, la couverture épaisse, les caractères très noirs, les belles et grandes majuscules (le J, le C, le M, le Q), et les virgules, ici et là, grosses comme des gambas, qui parsemaient les phrases et les découpaient impeccablement. À côté de cette marquise, c'est une chaise de jardin qui pourrait venir prendre place dans le garde-meuble de ma mémoire, la chaise de jardin verte en fer forgé sur laquelle je lisais *L'Innommable* dans une allée ensoleillée des jardins du Trocadéro, les phrases se mêlant maintenant aux lieux dans mon esprit, tandis que, dans ma mémoire, s'estompe le bruissement d'eau continu des fontaines des jardins du Trocadéro qui accompagnait ma lecture. Mais c'est pour *Malone meurt* qu'a opéré de façon la plus radicale cette alchimie mystérieuse entre un lieu et un livre. Je ne me souviens pas de telle ou telle scène précise de *Malone meurt*, mais j'ai un souvenir absolu de la lecture du livre, comme si toutes mes impressions de lecture de l'œuvre de Beckett, éparses, confuses, informulées, mes sentiments mêlés, de bonheur, d'admiration, de reconnaissance, s'étaient cristallisés à ce moment précis du temps et s'étaient fondus ensemble en cette fin d'après-midi de 1981, dans le bus 63, que je venais de prendre pour aller rejoindre Madeleine rue des Fossés-Saint-Jacques. J'avais travaillé toute la journée dans la chambre à coucher de mon grand-père, et je lisais *Malone meurt* dans l'autobus, je n'en étais encore qu'au début du livre, j'ignore quel passage j'étais en train de lire — qu'ai-je lu de si frappant alors que trente ans plus tard reste encore vivante et intacte la sensation de cet instant du temps ? Je ne sais pas. Mais c'est là qu'il faut situer la scène, s'il fallait, visuellement, dans une allégorie, représenter ma découverte de l'œuvre de Beckett. C'est un éblouissement, c'est une révélation, c'est un appel, une conversion, on songe à saint Paul tombant de cheval sur la route de Damas. Voici l'image : j'ai vingt-trois ans et je viens de descendre de l'autobus à l'angle du boulevard Saint-Germain et de la rue Saint-Jacques, j'ai refermé *Malone meurt* quelques instants plus tôt, et je suis foudroyé sur place, je suis étendu sur le trottoir, le visage extasié, irradié de lumière, les bras en croix, comme le saint Paul du Caravage dans le tableau de l'église de *Santa Maria del Popolo* à Rome — et, à la place du cheval, le bus 63 qui s'éloigne vers la Seine dans la circulation et disparaît lentement de ma mémoire.

TABLE

LE JOUR OÙ J'AI COMMENCÉ À ÉCRIRE 9
MES BUREAUX 15
L'URGENCE ET LA PATIENCE 21
COMMENT J'AI CONSTRUIT CERTAINS DE MES HÔTELS 47
LITTÉRATURE ET CINÉMA 55
LIRE PROUST 61
MOI, RODION ROMANOVITCH RASKOLNIKOV 69
LE JOUR OÙ J'AI RENCONTRÉ JÉRÔME LINDON 79
POUR SAMUEL BECKETT 87
LE RAVANASTRON 93
DANS LE BUS 63 97

Certains des textes qui composent ce recueil sont inédits, d'autres ont été publiés initialement dans des revues (les revues *Littéraire* et *Subaru* au Japon, la revue *Constructif* en France, le journal suisse allemand *Neue Zürcher Zeitung*, la revue littéraire belge en ligne *www.bon-a-tirer.com*). Certains de ces textes ont accompagné des livres, sous forme d'entretien *(Moi, Rodion Romanovitch Raskolnikov*, pour l'édition GF Flammarion de *Crime et châtiment*), de contribution (*Le Ravanastron* pour le catalogue *Objets* de l'exposition Beckett au Centre-Pompidou), de tiré à part (*Lire Proust* en accompagnement d'un volume d'une nouvelle traduction d'*À la recherche du temps perdu* au Japon), de postface (*Le jour où j'ai rencontré Jérôme Lindon*, pour l'édition de poche de *La Salle de bain* aux Éditions de Minuit), et de préface (*Dans le bus 63*, pour l'édition norvégienne de la trilogie de Beckett dans la collection *Library of World Literature*). Le texte *Mes bureaux* est constitué d'extraits du livre *Mes bureaux, luoghi dove scrivo*, paru en Italie en 2005 aux Éditions Amos. Tous les textes ont été relus et parfois amendés pour la présente édition.

L'auteur remercie la Promotion des Lettres, dirigée par Jean-Luc Outers de 1990 à 2011, pour son soutien constant.

COMPOSITION ET MISE EN PAGES :
FACOMPO À LISIEUX (14100)

CET OUVRAGE A ÉTÉ ACHEVÉ D'IMPRIMER LE VINGT-DEUX MAI DEUX MILLE QUINZE DANS LES ATELIERS DE NORMANDIE ROTO IMPRESSION S.A.S. À LONRAI (61250) (FRANCE)
N° D'ÉDITEUR : 5798
N° D'IMPRIMEUR : 1501670

Dépôt légal : septembre 2015